Raconte-moi la mer

Pour Arnaud, qui a grandi en mer
M.-D. C.

À ma mère
N. C.

**Catalogage avant publication de
la Bibliothèque nationale du Canada**

Croteau, Marie-Danielle
Raconte-moi la mer
Pour enfants.

ISBN 2-89512-355-1 (rel.)
ISBN 2-89512-377-2 (br.)

I. Cousineau, Normand. II. Titre.

PS8555.R618R32 2004 jC843'.54 C2004-940055-X
PS9555.R618R32 2004

Directrice de collection : Lucie Papineau
Direction artistique et graphisme :
Primeau & Barey

Dépôt légal : 3ᵉ trimestre 2004
Bibliothèque nationale du Québec
Bibliothèque nationale du Canada

Dominique et compagnie
300, rue Arran
Saint-Lambert (Québec) J4R 1K5
Téléphone : (514) 875-0327
Télécopieur : (450) 672-5448
Courriel :
dominiqueetcie@editionsheritage.com
Site Internet :
www.dominiqueetcompagnie.com

Imprimé en Chine
10 9 8 7 6 5 4 3 2 1

Nous remercions le Conseil des Arts du Canada
de l'aide accordée à notre programme de publication.

Nous reconnaissons l'aide financière du gouvernement
du Canada par l'entremise du Programme d'aide
au développement de l'industrie de l'édition (PADIÉ)
pour nos activités d'édition.

Nous reconnaissons l'aide financière du gouvernement
du Québec par l'entremise du Programme de crédit
d'impôt pour l'édition de livres – SODEC –
et du Programme d'aide aux entreprises du livre
et de l'édition spécialisée.

Raconte-moi la mer

Texte : Marie-Danielle Croteau
Illustrations : Normand Cousineau

Dominique et compagnie

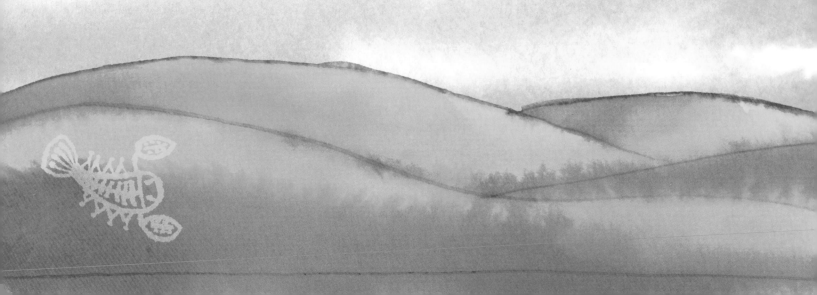

Moi, je n'ai jamais vu la mer.

Un jour, une caravane est passée par ici. Un chamelier m'a dit :
– Imagine des chameaux verts, ou gris, ou bleus, cheminant dans le désert et vus du ciel. C'est ça, la mer.

Le berger, lui, m'a expliqué :
— La mer, c'est un immense troupeau
de moutons qui courent dans
un pré aussi grand que le désert.

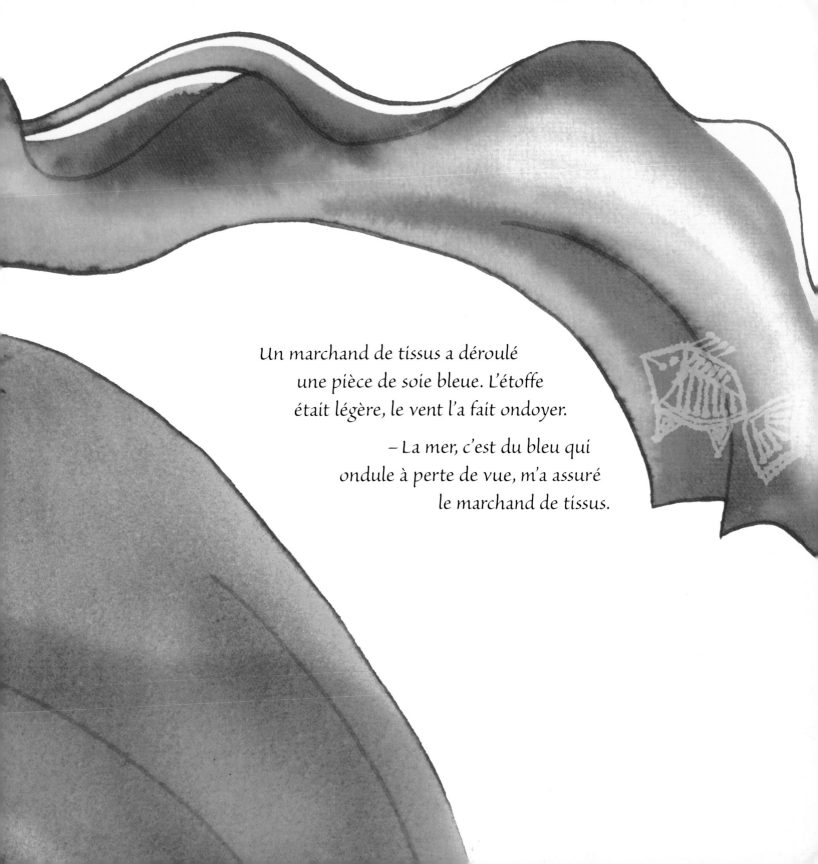

Un marchand de tissus a déroulé
une pièce de soie bleue. L'étoffe
était légère, le vent l'a fait ondoyer.

– La mer, c'est du bleu qui
ondule à perte de vue, m'a assuré
le marchand de tissus.

Un cavalier, qui venait de
très loin et qui avait beaucoup
voyagé, m'a parlé des bateaux.
Il m'a hissé sur un de ses
chevaux et m'a demandé
de fermer les yeux.
J'ai caressé le flanc
de l'animal.

– Voilà la forme
d'un bateau,
m'a-t-il enseigné.

Puis le cavalier m'a dit de glisser
les doigts dans la crinière
du cheval. Il a ajouté :
– Ça, c'est le mouvement de l'eau
sur la coque d'un bateau.

Une fois, j'ai accompagné un
étranger à l'oasis. Il m'a demandé
de grimper à un dattier.

Quand j'ai été là-haut, il m'a lancé :
– La mer, c'est ton oasis multipliée à l'infini.
– Je ne sais pas multiplier, ai-je répondu.

– Alors imagine, placées dans un cercle immense, autant d'oasis que tu peux en compter.

J'ai compté jusqu'à dix, puis je me suis dit :
« L'océan, ce n'est pas si grand qu'on le prétend. »

– Regarde le ciel, a repris l'étranger.
C'est le miroir de la mer.

Je me suis allongé sur le sable doré.
J'étais sur l'eau.

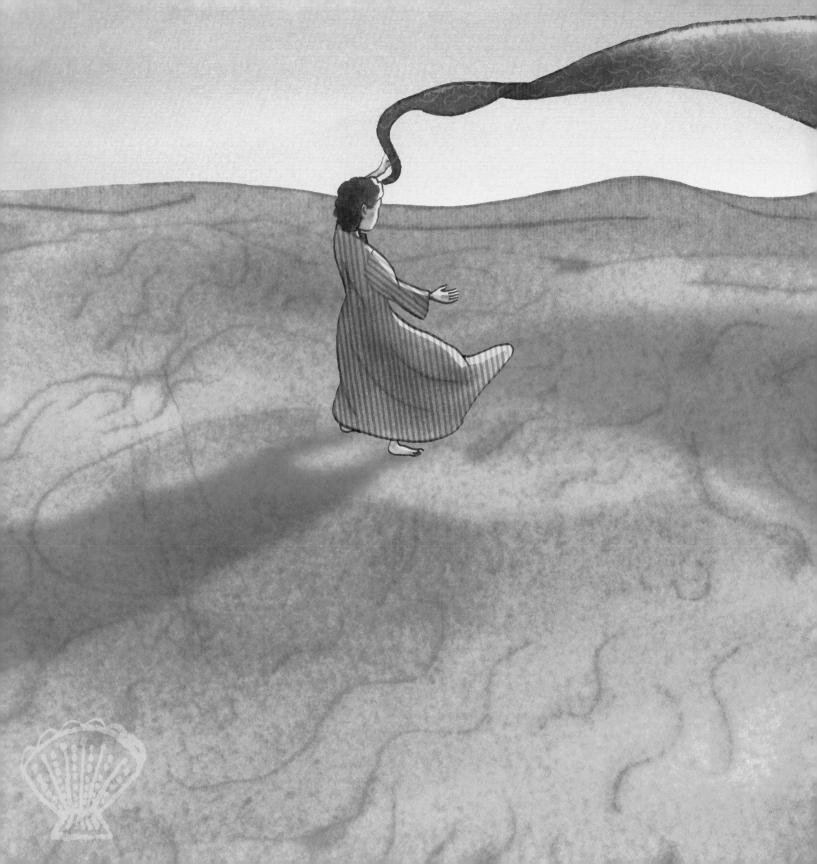

– Maintenant, déroule ton turban
et tiens-le à bout de bras.

Le vent l'a gonflé. J'étais un voilier.

Cette nuit-là, j'ai rêvé de la mer. Des milliers de chevaux, de moutons et de chameaux dormaient enlacés sur un immense drap bleu froissé. Il y avait des dattiers tout autour et moi, j'étais grimpé à l'un d'eux. Je n'avais jamais rien vu d'aussi beau.

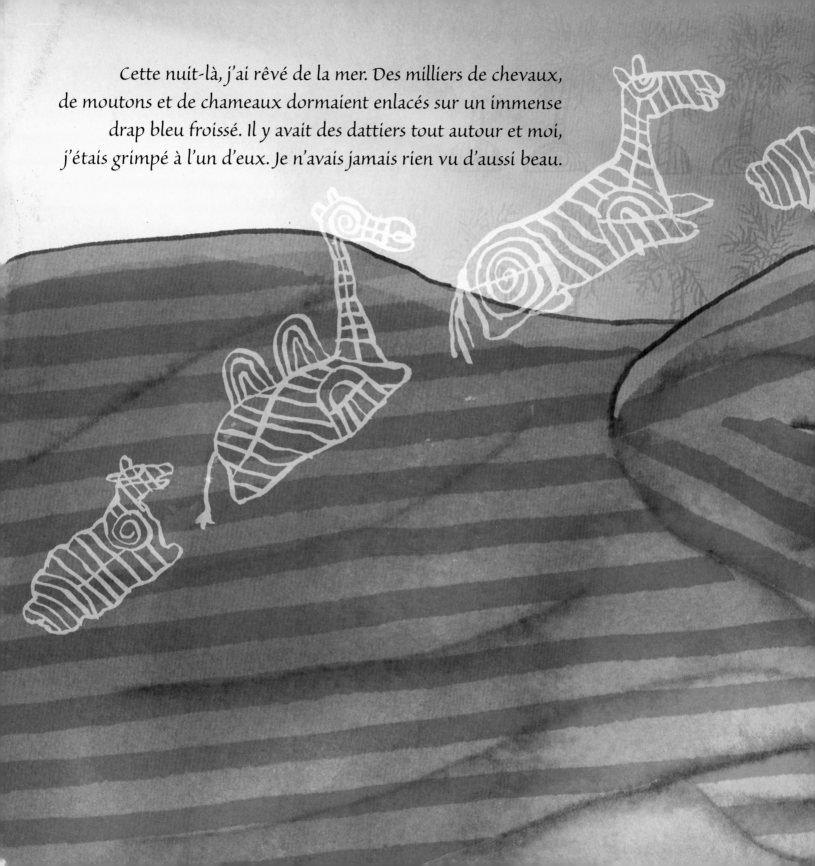

Le matin, je ne voulais pas me lever. Je voulais retourner
dans mon rêve. Mon père était découragé. Il m'a dit :
– Ce sont des histoires, tout ça. La mer,
ça n'existe pas.

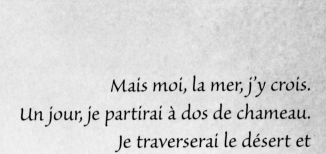

Mais moi, la mer, j'y crois.
Un jour, je partirai à dos de chameau.
Je traverserai le désert et
je la trouverai.